W9-BAB-655

UNCLE REMUS and BRER RABBIT

By
Joel Chandler Harris

APPLEWOOD BOOKS
BEDFORD, MASSACHUSETTS

Uncle Remus and Brer Rabbit, by Joel Chandler Harris,
was first published by Frederick A. Stokes Company in 1907.

Thank you for purchasing an Applewood Book.
Applewood reprints America's lively classics—books
from the past that are of interest to modern readers.
For a free copy of our current catalog, write to:
Applewood Books, P.O. Box 365, Bedford, MA 01730.

4 6 8 10 9 7 5

ISBN 1-55709-491-8

Printed and bound in Singapore

Library of Congress Catalog Card Number: 98-88665

THE CREETURS GO TO THE BARBECUE

"ONCE 'pon a time," said Uncle Remus to the little boy — "But when was once upon a time?" the child interrupted to ask. The old man smiled. "I speck 'twuz one time er two times, er maybe a time an' a half. You know when Johnny Ashcake 'gun ter bake? Well, 'twuz 'long in dem days. Once 'pon a time," he resumed, "Mr. Man had a gyarden so fine dat all de neighbors come ter see it. Some 'ud look at it over de fence, some 'ud peep thoo de cracks, an' some 'ud come an' look at it by de light er de stars. An' one un um wuz ol' Brer Rabbit; starlight, moonlight, cloudlight, de nightlight wuz de light fer him. When de turn er de mornin' come, he 'uz allers up an' about, an' a-feelin' purty well I thank you, suh!

"Now, den, you done hear what I say. Dar wuz Mr. Man, yander wuz de gyarden, an' here wuz ol' Brer Rabbit." Uncle Remus made a map of this part of the story by marking in the sand with his walking-cane. "Well, dis bein' de case, what you speck gwineter happen? Nothin' in de roun' worl' but what been happenin' sence greens an' sparrer-grass wuz planted in de groun'. Dey look fine an' dey tas'e fine, an' long to'rds de shank er de mornin', Brer Rabbit 'ud creep thoo de crack er de fence an' nibble at um. He'd take de greens, but leave his tracks, mo' speshually right atter a rain. Takin' an' leavin'—it's de way er de worl'.

THE CREETURS GO TO THE BARBECUE

"Well, one mornin', Mr. Man went out in his truck patch, an' he fin' sump'n missin'—a cabbage here, a turnip dar, an' a mess er beans yander, an' he ax how come dis? He look 'roun', he did, an' he seed Brer Rabbit's tracks what he couldn't take wid 'im. Brer Rabbit had lef' his shoes at home, an' come bar'footed.

"So Mr. Man, he call his dogs—'Here, Buck! Here, Brinjer! Here, Blue!' an' he sicc'd um on de track, an' here dey went!

THE CREETURS GO TO THE BARBECUE

"You'd 'a' thunk dey wuz runnin' atter forty-lev'm rhinossyhosses fum de fuss dey made. Brer Rabbit he hear um comin' an' he put out fer home, kinder doublin' 'roun' des like he do deze days.

"When he got ter de p'int whar he kin set down fer ter rest his face an' han's, he tuck a poplar leaf an' 'gun ter fan hisse'f. Den Brer Fox come a-trottin' up. He say, 'Brer Rabbit, what's all dis fuss I hear in de woods? What de name er goodness do it mean?' Brer Rabbit kinder scratch his head an' 'low, ' Why, deyer tryin' fer drive me ter de big bobbycue on de creek. Dey all ax me, an' when I 'fuse dey say deyer gwine ter make me go any how. Dey aint no fun in bein' ez populous ez what I is, Brer Fox. Ef you wanter go, des git in ahead er de houn's an' go lickity-split down de big road!'

THE CREETURS GO TO THE BARBECUE

" Brer Fox roll his little eyes, an' lick his chops whar he dribble at de mouf, an put out ter de bobbycue, an' he aint mo' dan made his disappearance, 'fo' here come Brer Wolf, an' when he got de news, off he put.

" An' he aint mo'n got out'n sight, 'fo' here come ol' Brer B'ar, an' when he hear talk er de bakin' meat an' de big pan er gravy, he sot up on his behime legs an' snored. Den off he put, an' he aint got out'n hearin', 'fo' Brer Coon come rackin' up, an' when he got de news, he put out.

" So dar dey wuz an' what you gwine do 'bout it? It seem like dey all got in front er de dogs, er de dogs got behime um, an' Brer Rabbit sot by de creek-side laughin' an' hittin' at de snake doctors. An' dem po' creeturs had ter go clean past de bobbycue—ef dey wuz any bobbycue, which I don't skacely speck dey wuz. Dat what make me say what I does—when you git a invite ter a bobbycue, you better fin' out when an' whar it's at, an' who runnin' it."

BRER RABBIT'S FROLIC

THE little boy, when he next saw Uncle Remus, after hearing how the animals went to the barbecue, wanted to know what happened to them: he was anxious to learn if any of them were hurt by the dogs that had been chasing Brother Rabbit. The old darkey closed his eyes and chuckled. "You sho is axin' sump'n now, honey. Und' his hat, ef he had any, Brer Rabbit had a mighty quick thinkin' apple-ratus, an' mos' inginner'lly, all de time, de pranks he played on de yuther creeturs pestered um bofe ways—a-comin' an' a-gwine. De dogs done mighty well, 'long ez dey had dealin's wid de small fry, like Brer Fox, an' Brer Coon, an' Brer Wolf, but when dey run ag'in' ol' Brer B'ar, dey sho struck a snag. De mos' servigrous wuz de identual one dat got de wust hurted. He got too close ter Brer B'ar, an' when he look at hisse'f in runnin' water, he tuck notice dat he wuz split wide open fum flank ter dewlap.

BRER RABBIT'S FROLIC

"Atter de rucus wuz over, de creeturs hobbled off home de best dey could, an' laid 'roun' in sun an' shade fer ter let der cuts an' gashes git good an' well. When dey got so dey could segashuate, an' pay der party calls, dey 'gree fer ter insemble some'rs, an' hit on some plan fer ter outdo Brer Rabbit. Well, dey had der insembly, an' dey jower'd an' jower'd des like yo' pa do when he aint feelin' right well; but, bimeby, dey 'greed 'pon a plan dat look like it mought work. Dey 'gree fer ter make out dat dey gwine ter have a dance. Dey know'd dat ol' Brer Rabbit wuz allers keen fer dat, an' dey say dey'll gi' him a invite, an' when he got dar, dey'd ax 'im fer ter play de fiddle, an' ef he 'fuse, dey'll close in on 'im an' make way wid 'im.

BRER RABBIT'S FROLIC

"So fur, so good! But all de time dey wuz jowerin' an' confabbin', ol' Brer Rabbit wus settin' in a shady place in de grass, a-hearin' eve'y word dey say. When de time come, he crope out, he did, an' run 'roun', an' de fust news dey know'd, here he come down de big road—bookity-bookity—same ez a hoss dat's broke thoo de pastur' fence. He say, sezee, 'Why, hello, frien's! an' howdy, too, kaze I aint seed you-all sence de last time! Whar de name er goodness is you been deze odd-come-shorts? an' how did you far' at de bobbycue? Ef my two eyeballs aint gone an' got crooked, dar's ol' Brer B'ar, him er de short tail an' sharp tush—de ve'y one I'm a-huntin' fer! An' dar's Brer Coon! I sho is in big luck. Dar's gwineter be a big frolic at Miss Meadows', an' her an' de gals want Brer B'ar fer ter show um de roas'n'-y'ar shuffle; an' dey put Brer Coon down fer de jig dey calls rack-back-Davy.

BRER RABBIT'S FROLIC

"I'm ter play de fiddle—sump'n I aint done sence my oldest gal had de mumps an' de measles, bofe de same day an' hour! Well, dis mornin' I tuck down de fiddle fum whar she wuz a-hangin' at, an' draw'd de bow back-erds an' forerds a time er two, an' den I shot my eyes an' hit some er de ol'-time chunes, an' when I come ter myse'f, dar wuz my whole blessed fambly skippin' an' sasshayin' 'roun' de room, spite er de fack dat brekkus wuz ter be cooked!'"

BRER RABBIT'S FROLIC

" Wid dat, Brer Rabbit bow'd, he did, an' went **back down** de road like de dogs wuz atter 'im."

BRER RABBIT'S FROLIC

"But what happened then?" the little boy asked. "Nothin' 't all," replied Uncle Remus, taking up the chuckle where he had left off. "De creeturs aint had no dance, an' when dey went ter Miss Meadows', she put her head out de winder, an' say ef dey don't go off fum dar she'll have de law on um!"

BROTHER BEAR'S BIG HOUSE

"UV all de creeturs," said Uncle Remus, in response to a questioning look on the part of the little boy, "ol' Brer B'ar had de biggest an' de warmest house. I dunner why ner wharfo', but I'm a-tellin' you de plain fack, des ez dey tol' it unter me. Ef I kin he'p it I never will be deceivin' you, ner lead you inter no bad habits. Yo' pappy trotted wid me a mighty long time, an' ef you'll ax him he'll tell you dat de one thing I never did do wuz ter deceive him whiles he had his eyes open; not ef I knows myse'f. Well, ol' Brer B'ar had de big house I'm a-tellin' you about. Ef he y'ever is brag un it, it aint never come down ter me. Yit dat's des what he had—a big house an' plenty er room fer him an' his fambly; an' he aint had mo' dan he need, kaze all er his fambly wuz fat an' had what folks calls heft—de nachal plunkness.

BROTHER BEAR'S BIG HOUSE

He had a son name Simmon, an' a gal name Sue, not countin' his ol' 'oman, an' dey all live wid one an'er day atter day, an' night atter night; an' when one un um went abroad, dey'd be spected home 'bout meal-time, ef not befo', an' dey segashuated right along fum day ter day, washin' der face an' han's in de same wash-pan in de back po'ch, an' wipin' on de same towel same ez all happy famblies allers does.

BROTHER BEAR'S BIG HOUSE

"Well, time went on an' fotched de changes dat might be spected, an' one day dar come a
mighty knockin' on Brer B'ar's do'. Brer B'ar, he holla out, he did, 'Who dat come a-knockin' dis
time er de year, 'fo' de corn's done planted, er de cotton-crap's pitched?' De one at de do' make
a big noise, an' rattle de hinges. Brer B'ar holla out, he did, 'Don't t'ar down my house! Who is
you, anyhow, an'' what you want?' An' de answer come, 'I'm one an' darfo' not two; ef youer mo'
dan one, who is you an' what you doin' in dar?' Brer B'ar, he say, sezee, 'I'm all er one an' mighty
nigh two, but I'd thank you fer ter tell me yo' full fambly name.' Den de answer come.

BROTHER BEAR'S BIG HOUSE

"'I'm de knocker an' de mover bofe, an' ef I can't clim' over I'll crawl under ef you do but gi' me de word. Some calls me Brer Polecat, an' some a big word dat it aint wuff while ter ermember, but I wanter move in. It's mighty col' out here, an' all I meets tells me it's mighty warm in dar whar you is.' Den ol' Brer B'ar say, sezee. 'It's warm nuff fer dem what stays in here, but not nigh so warm fer dem on de outside. What does you reely want?' Brer Polecat 'spon', he did, 'I wants a heap er things dat I don't git. I'm a mighty good housekeeper, but I takes notice dat dar's mighty few folks dat wants me ter keep house fer um.' Brer B'ar say, sezee, 'I aint got no room fer no housekeeper; we aint skacely got room fer ter go ter bed. Ef you kin keep my house on de outside, you er mighty welcome.'

BROTHER BEAR'S BIG HOUSE

"Brer Polecat say, 'You may think you aint got no room, but I bet you got des ez much room ez anybody what I know. Ef you let me in dar one time, I boun' you I'll make all de room I want.'"

BROTHER BEAR'S BIG HOUSE

Uncle Remus paused to see what effect this statement would have on the little boy. He closed his eyes, as though he were tired, but when he opened them again, he saw the faint shadow of a smile on the child's face. " 'Taint gwine ter hurt you fer ter laugh a little bit, honey. Brer Polecat come in Brer B'ar's house, an' he had sech a bad breff dat dey all hatter git out—an' he stayed an' stayed twel time stopped runnin' ag'in' him."

BRER RABBIT TREATS THE CREETURS TO A RACE

ONE sultry summer day, while the little boy was playing not far from Uncle Remus's cabin, a neavy black cloud made its appearance in the west, and quickly obscured the sky. It sent a brisk gale before it, as if to clear the path of leaves and dust. Presently there was a blinding flash of lightning, a snap and a crash, and, with that, the child took to his heels, and ran to Uncle Remus, who was standing in his door. "Dar now!" he exclaimed, before the echoes of the thunder had rolled away, "Dat dust an' win', an' rain, puts me in mind er de time when ol' Brer Rabbit got up a big race fer ter pleasure de yuther creeturs. It wuz de mos' funniest race you ever hear tell on. Brer Rabbit went 'way off in de woods twel he come ter de Rainmaker's house. He knocked an' went in, an' he ax de Rainmaker ef he can't fix it up so dey kin have a race 'tween Brer Dust an' Cousin Rain, fer ter see which kin run de fastes'. De Rainmaker growled an' jowered, but bimeby he 'gree, but he say that ef 'twuz anybody but Brer Rabbit, he wouldn't gi' it but one thunk.

BRER RABBIT TREATS THE CREETURS TO A RACE

"Well, dey fix de day, dey did, an' den Brer Rabbit put out ter whar de creeturs wuz stayin' at, an' tol' um de news. Dey dunner how Brer Rabbit know, but dey all wanter see de race. Now, him an' de Rainmaker had fixt it up so dat de race would be right down de middle er de big road, an' when de day come, dar's whar he made de creeturs stan'—Brer B'ar at de bend er de road, Brer Wolf a leetle furder off, an' Brer Fox at a p'int whar de cross-roads wuz. Brer Coon an' Brer Possum an' de yuthers he scattered about up an' down de Road.

BRER RABBIT TREATS THE CREETURS TO A RACE

'Ter dem what has ter wait, it seem like de sun stops an' all de clocks wid 'im. Brer B'ar done some growlin'; Brer Wolf some howlin' an' Brer Possum some laughin'; but atter while a cloud come up fum some'rs. 'Twant sech a big cloud, but Brer Rabbit know'd dat Cousin Rain wuz in dar 'long wid Uncle Win'. De cloud crope up, it did, twel it got right over de big road, an' den it kinder drapped down a leetle closer ter de groun'. It look like it kinder stop, like a buggy, fer Cousin Rain ter git out, so der'd be a fa'r start. Well, he got out, kaze de creeturs kin see 'im, an' den Uncle Win', he got out.

BRER RABBIT TREATS THE CREETURS
TO A RACE

"An' den, gentermens! de race begun fer ter commence. Uncle Win' hep'd um bofe; he had his bellows wid 'im, an' he blow'd it! Brer Dust got up fum whar he wuz a-layin' at, an' come down de road des a-whirlin'. He stricken ol' Brer B'ar fust, den Brer Wolf, an' den Brer Fox, an' atter dat, all de yuther creeturs, an' it come mighty nigh smifflicatin' um! Not never in all yo' born days is you y'ever heern sech coughin' an' sneezin', sech snortin' an' wheezin'! An' dey all look like dey wuz painted red. Brer B'ar sneeze so hard dat he hatter lay down in de road, an' Brer Dust come mighty nigh buryin' 'im, an' 'twuz de same wid de yuther creeturs—dey got der y'ears, der noses, an' der eyeses full.

BRER RABBIT TREATS THE CREETURS TO A RACE

"An' den Cousin Rain come 'long, a-pursuin' Brer Dust, an' he come mighty nigh drownin' um. He left um kivver'd wid mud, an' dey wuz wuss off dan befo'. It wuz de longest 'fo' dey kin git de mud out 'n der eyes an' y'ears, an' when dey git so dey kin see a leetle bit, dey tuck notice dat Brer Rabbit, stidder bein' full er mud, wuz ez dry ez a chip, ef not dryer.

BRER RABBIT TREATS THE CREETURS TO A RACE

"It make um so mad, dat dey all put out atter 'im, an' try der level best fer ter ketch, but ef dey wuz anything in de roun' worl' dat Brer Rabbit's got, it's soople foots, an' 'twant no time 'fo' de yuther creeturs can't see ha'r ner hide un 'im! All de same Brer Rabbit aint bargain fer ter have two races de same day."

"But, Uncle Remus," said the little boy, "which beat, Brother Dust or Cousin Rain?" The old man stirred uneasily in his chair, and rubbed his chin with his hand. "Dey tells me," he responded cautiously, "dat when Cousin Rain can't see nothin' er Brother Dust, he thunk he am beat, but he holla out, 'Brer Dust, wharbouts is you?' an' Brer Dust he holla back, 'You'll hatter scuzen me; I fell down in de mud an' can't run no mo'!'"

BRER RABBIT'S FLYING TRIP

DAR once wuz a time when most er de creeturs
　　Got mighty tired er Brer Rabbit's capers,
　　An' dey 'semble', dey did, grass an' meat eaters,
Browsers an' grazers, an' likewiss de bone-scrapers,
　　Fer ter see what dey kin do.

Brer B'ar wuz dar, wid his bid fur suit on,
　　An' ol' Brer Wolf fetched his big howl along,
　　An' when eve'ything wuz ready, wid a long, loud hoot on,
Here come ol' Simon Swamp Owl along,
　　　　A-tootin' of his too-whoo.

Dar wuz ol' Brer Fox, suh, wid his black socks, suh,
　　An' a heap er creeturs dat I don't hatter mention;
Some bow-legged an' some knock-kneed in de hocks, suh,
　　An' dey all agree fer ter hol' a convention
　　　　Fer ter stop Brer Rabbit's pranks.

BRER RABBIT'S FLYING TRIP

Brer Fox, he 'low he'll gi' a pot er gol', suh,
   Ter de man what kin tol Brer Rabbit off, suh;
Brer Buzzard say, " I'm a-gittin' ol', suh,
   But I'll try my han'," an' den he cough, suh,
     An' de rest un um bowed dere thanks.

Now, ol' Brer B'ar wuz a-settin' in de cheer, suh,
   So he stand up an' move a motion;
He up an' 'low, " Le's erso'v right here, suh,
   Fer ter thank Brer Buzzard whiles we're in de notion,
     An' not put it off ter some yuther day."

An' den dey had it up an' down, suh,
   'Sputin' 'bout what dey oughter do,
Some wanter gi' 'im a flower crown, suh,
   Ef he rid Brer Rabbit up dar in de blue,
     An' drap 'im when he got half-way.

BRER RABBIT'S FLYING TRIP

Dey sont a runner atter ol' Brer Babbit
  Ter ax 'im ter call an' 'ten' de convention;
But ol' frien' Wobble-nose had a quare habit
  Er knowin' a thing befo' it wuz mention',
    An he come 'fo' he got de word.

He wiggle his nose, an' wunk his eye—
  " Here sho is de man I wants ter see, suh!
Brer Buzzard I'm tryin' ter l'arn how ter fly! "
  An' c'ose Brer Buzzard gi' his agree, suh,
    An' all un um say he's a 'commydatin' bird!

BRER RABBIT'S FLYING TRIP

An' den Brer Buzzard half spread his wing, suh
    He try ter look young, but he wuz ol' suh—
He try ter strut an' walk wid a swing, suh;
    He wuz dreamin' 'bout dat pot er gol', suh,
        An' what he wuz gwine fer ter buy.

Brer Buzzard ain't skacely got thoo wid his pride, suh,
    'Fo' Brer Rabbit lit right 'tween his floppers,
Wid, "Now, hump yo'se'f, an' gi' me a ride, suh,
    Ef you don't I'll hit—I'll hit you some whoppers
        When I git you up dar in de sky!"

BRER RABBIT'S FLYING TRIP

Well, de creeturs grinned when Brer Buzzard riz, suh,
    An' made a big fuss accordin' ter der natur';
Ez fer ol' Brer Rabbit, de pleasure wuz all his, suh—
    De ridin' wuz easy ez eatin' tater
        When it's b'iled an' made inter pie!

Kaze under bofe wings he had a paw, suh,
    An', when Brer Buzzard try fer ter drap 'im,
He'd scratch an' tickle 'im wid his claw, suh;
    An' when Brer Buzzard try fer ter flap 'im,
        He'd scratch an' wink his eye!

BRER RABBIT'S FLYING TRIP

An' wid his claws he tuck an' steered 'im
 Fum post ter pillar in de deep blue, suh;
He'd holla an' laugh—all de creeturs heer'd 'im—
 You know how you'd feel ef it hab been you, suh,
  A-waitin' fer some un ter fall!

When ol' Brer Rabbit got tired er ridin',
 He steered Brer Buzzard right straight ter de groun', suh,
An' den an' dar went right inter hidin'.
 When de creeturs come up he couldn't be foun', suh,
  An' I speck an' I reckon dat's all!

BRER RABBIT AND THE GOLD MINE

THERE had been silence in the cabin for a long ten minutes, and Uncle Remus, looking up, saw a threat of sleep in the little boy's eyes. Whereupon he plunged headlong into a story without a word of explanation.

"Well, suh, one year it fell out dat de craps wuz burnt up. A dry drouth had done de work, an' ef you'd 'a' struck a match anywhar in dat settlement, de whole county would 'a' blazed up. Ol' man Hongriness des natchally tuck of his cloze an' went paradin' 'bout eve'ywhar, an' de creeturs got bony an' skinny. Ol' Brer B'ar done better dan any un um, kaze all he hatter do wuz go ter sleep an' live off'n his own fat; an' Brer Rabbit an' his ol' 'oman had put some calamus root by, an' saved up some sugar-cane dat dey fin' lyin' 'roun' loose, an' *dey* got 'long purty well. But de balance er de creeturs wuz dat ga'nt dat dey ain't got over it down ter dis day.

BRER RABBIT AND THE GOLD MINE

"De creeturs had der meetin'-place, whar dey could all set 'roun' an' talk de kind er politics dey had, des like folks does at de cross-roads grocery. One day, whiles dey wuz all settin' an' squottin' 'roun', jowerin' an' confabbin', Brer Rabbit, he up 'n' say, sezee, dat ol' Mammy-Bammy-Big-Money tol' his great gran'daddy dat dar wuz a mighty big an' fat gol' mine in deze parts, an' he say dat he wouldn't be 'tall 'stonished ef 'twant some'rs close ter Brer B'ar's house. Brer B'ar, he growled, he did, an' say dat de gol' mine better not let him fin' it, kaze atter he got done wid it, dey won't be no gol' mine dar.

BRER RABBIT AND THE GOLD MINE

"Some laughed, some grinned an' some gapped, an', atter jowerin' some mo', dey all put out ter whar der famblies wuz livin' at; but I boun' you dey ain't fergit 'bout dat gol' mine, kaze, fum dat time on, go whar you mought, you'd ketch some er de creeturs diggin' an' grabblin' in de groun', some in de fields, some in de woods, an' some in de big road; an' dey wuz so weak an' hongry dat dey kin skacely grabble fer fallin' down.

BRER RABBIT AND THE GOLD MINE

"Well, dis went on fer de longest, but bimeby, one day, dey all 'gree dat sump'n bleeze ter be done, an' dey say dey'll all take one big hunt fer de gol' mine, an' den quit. Dey hunted in gangs, wid de gangs not fur fum one an'er, an' it so happen dat Brer Rabbit wuz in de gang wid Brer Wolf, an' he know'd dat he hatter keep his eyes wide open. All de creeturs hatter dig in diffunt places, an' whiles Brer Rabbit want much uv a grabbler, he had a way er makin' de yuthers b'lieve dat he wuz de best er de lot. So he made a heap er motion like he wuz t'arin' up de yeth. Dey ain't been gwine on dis away long fo' Brer Wolf holler out,

BRER RABBIT AND THE GOLD MINE

" ' Run here, Brer Rabbit! I done foun' it!' Brer B'ar an' Brer Fox wuz bofe diggin' close by, an' Brer Rabbit kinder wunk one eye at de elements; he say, sezee, ' Glad I is fer yo' sake, Brer Wolf; git yo' gol' an' 'joy yo'se'f!' Brer Wolf say, ' Come git some, Brer Rabbit! Come git some!' Ol' Brer Rabbit 'spon', ' I'll take de leavin's, Brer Wolf; you take what you want, an' den when you done got 'nough I'll get de leetle bit I want.' Brer Wolf say, ' I wanter show you sump'n.' Brer Rabbit 'low, ' My eyes ain't big fer nothin'.' Brer Wolf say, ' I got a secret I wanter tell you.' Brer Rabbit 'low, ' My y'ears ain't long fer nothin'. Des stan' dar an' do yo' whisperin', Brer Wolf, an' I'll hear eve'y word you say.'

BRER RABBIT AND THE GOLD MINE

"Brer Wolf ain't say nothin', but make out he's grabblin', an' den, all of a sudden, he made a dash at Brer Rabbit, but when he git whar Brer Rabb t wuz at, Brer Rabbit ain't dar no mo'; he done gone. Weak an' hongry ez he is, Brer Wolf know dat he can't ketch Brer Rabbit, an' so he holler out, 'What's yo' hurry, Brer Rabbit? Whar you gwine?' Brer Rabbit holler back, 'I'm gwine home atter a bag fer ter tote de gol' you gwine leave me! So long, Brer Wolf; I wish you mighty well!' an' wid dat he put out fer home."

BRER RABBIT GETS BRER FOX A HOSS

NOT many er de creeturs wuz fon' er water,
 Onless it mought 'a' been Brer Coon's daughter;
 Brer B'ar, Brer Fox, an' ol' Brer Rabbit,
Dey vow'd dey can't never git in de habit
Er wadin' de creek, er swimmin' de river—
When it come ter dat, dey'd ı ın ter kivver!
When folks come 'long fer ter git across,
De creeturs tuck notice dat dey rid a hoss.

BRER RABBIT GETS BRER FOX A HOSS

Brer Fox, he say he wish he had one,
An' 'mongst all de yuthers he'd be de glad un;
He'd git a bridle an' a bran' new saddle,
An' git on de hoss an' ride 'im straddle;
He say, sezee, " He'd do some trottin',
Kaze when I git started, I'm a mighty hot un! "
Brer Rabbit, he smole a great big smile,
Wid, " I can't ride myse'f, kaze I got a b'ile!

BRER RABBIT GETS BRER FOX A HOSS

" But it seem like ter me dat I knows whar a hoss is:
He's away back yan' whar two roads crosses,
An' I'll meet you dar termorrer mornin',
Des 'bout de time when day's a-dawnin'."
Brer Fox, he say, " I hear yo' sesso,
An' ef I ain't sick I'll be dar desso! "
Brer Rabbit tip his hat, wid, " So-long, frien';
We'll git de hoss, you may depen'."

BRER RABBIT GETS BRER FOX A HOSS

Long 'fo' de time, Brer Rabbit wuz a-stirrin',
An' he chuckle ter hisse'f like a cat a-purrin';
De hoss wuz stretched out asleep in de pastur';
Brer Rabbit went up des ez close ez he dast ter,
Fer ter see ef he 'live: hoss switched his tail, suh!
"Dis time we'll git you widout fail, suh!"
So Brer Rabbit say; den he seed Brer Fox—
"An' an'er fine gent fer ter git in a box!"

BRER RABBIT GETS BRER FOX A HOSS

Den he say out loud, " Good luck done sont 'im,
An' laid 'im down right whar you want 'im!
Ef youer tied ter his tail, you kin sholy hol' 'im,
An' mo' dan dat, you kin trip 'im an' roll 'im ! "
So said, so done ! an' dar Brer Fox wuz,
Right close ter de place whar a heap er knocks wuz !
Brer Rabbit, he holla, " Hol' 'im down ! hol' 'im down !
Des make 'im stay right spang on de groun' ! "

BRER RABBIT GETS BRER FOX A HOSS

De hoss, he riz wid a snort an' a whicker,
An' showed dat he wuz sump'n uv a kicker!
An' den an' dar, Brer Rabbit 'gun ter snicker,
Wid, " Hol' 'im, Brer Fox! 'twon't do ter flicker!
Ef you make 'im stan' still, you kin ride 'im de quicker! "
De hoss, he r'ar'd an' raise a mighty dust up,
An' fust thing you know, Brer Rabbit hear a bust-up'
" I hope, Brer Fox, dat you ain't much hurt—
But yo' wife'll be mad, kaze you done tored yo' shirt! "

BRER RABBIT FINDS THE MOON
IN THE MILL POND

O H, one bright day in de middle er May,
  Brer Rabbit wuz feelin' fine;
He tuck ter de road, an' never know'd
De place whar he wuz gwine!
  He holla an' say, " Whar you gwine dis day,
    Wid yo' pipe an' walkin'-cane ? "
  Brer Rabbit wave his han' like a gal do her fan—
    " My heart's 'bout ter bust wid pain;

" Oh, fur an' free," sezee, " siree,
    No gal kin change my min'! "
Brer Tarrypin, sly, he wunk one eye,
    Un'neat' his green-gourd vine!

BRER RABBIT FINDS THE MOON
IN THE MILL POND

I'm a heap too nice, I ain't laugh'd but twice
    Sence de big Jinawary rain;
My day'll be done ef I don't have some fun—
    Dey'll call me Sunday-Jane!

" I'll git sollumcholic ef I don't have a frolic,
    My head'll git flabby an' swink;
I chaw de pine-bud, kaze I'm 'bout ter lose my cud
    An' some nights I don't sleep a wink!

Ef I has ter set still, oh, I'll w'ar de green willow,
    An' go in mo'nin' wid de Mink!
But I bet you a hat dat 'fo' I does dat,
    I'll show um all a new kink! "

BRER RABBIT FINDS THE MOON
IN THE MILL POND

So, off he put, on his nimbles' foot,
    Wid a grin, a laugh, an' a cough;
Ter Miss Motts an' Miss Meadows, an' all de udders,
    He tell what 'uz gwineter come off!

Brer Wolf an' Brer B'ar,—all say dey'd be dar,
    An' dey promise fer ter fetch a seine;
Dey 'gree ter de day, an' Brer Rabbit say
    Dat dey don't hatter come ef it rain;

'Twuz a mill-pon' fishin', an' he lef' um a-wishin'
    Dat de win' don't blow fum de norf!
An' de creeturs all, bofe long an' tall—
    An' dem no bigger dan a dwarf—

BRER RABBIT FINDS THE MOON
IN THE MILL POND

So said, so done, an' when de time come,
    De big road ez well ez de lane
Wuz filled wid a crowd, all talkin' out loud,
    An' a-prankin' wid might an' main!

Brer Rabbit wuz dar, wid Miss Molly Har',
    A-waitin' fer de fun ter begin;
He shuck his shank, an' went ter de bank,
    An' make like he gwineter jump in!

But de sight dat he saw made 'im drap his jaw,
    An' break up a great big grin!
He sez ter Brer Coon, " Run here an' see de Moon!
    A-floatin' wîdout a fin!"

BRER RABBIT FINDS THE MOON
IN THE MILL POND

He look ag'in—" She sho fell in,
    An' we got ter git her out;
Ef she stays in de pon', it's ' good-bye, John !'
    An' uv dat dey ain't no doubt;

We got ter have light when we play at night,
    Fer ter see how ter git about;
We'll drag wid de seine—ef we don't drag in vain,
    We'll have good reason ter shout ! "
But when it come ter seinin', dar wuz some complainin
    'Bout who wuz ter do it all,
Dey all make out dat dey wanter wade out,
    But it fell on dem dat wuz tall:

BRER RABBIT FINDS THE MOON
IN THE MILL POND

Brer B'ar, he laugh, ez he tuck a staff,
    Brer Wolf say he fear'd he'd fall,
But he tuck his place wid a mighty wry face,
    An' when dey 'gun ter haul.

"Oh, you better bet dis water's wet!
    I feel des like a sponge!"
An' den dey all, wid a kick an' a squall,
    Wid a squeal an' den a lunge,

Grabbed at de water — which dey hadn't oughter
    Went over der heads wid a splunge;
Brer Rabbit bent double, "Oh, all er yo' trouble
    Fills me full er fun-unj-unj!"

HOW MR. LION LOST HIS WOOL

"TWUZ des sech a day ez dis dat Mr. Lion lost his wool," remarked Uncle Remus to the little boy, "Mr. Man tuck a notion dat de time done come fer him fer ter have a hog-killin', an' he got 'im a big barrel, an' fill it half full er water fum de big springs. Den he piled up 'bout a cord er wood, an' ez he piled, he put rocks 'twix' de logs, an' den he sot de wood afier at bofe een's an' in de middle. 'Twan't long 'fo' dey had de hogs killt, an' eve'ything ready fer ter scrape de ha'r off. Den he tuck de red-hot rocks what he put in de fire, an' flung um in de barrel whar de water wuz, an' 'twan't long, mon, 'fo' dat water wuz ready fer ter bile. Den dey tuck de hogs, one at a time, an' soused um in de water, an' time dey tuck um out, he ha'r wuz ready fer ter drap out by de roots. Den dey'd scrape un wid sticks an' chips, an' dey aint leave a ha'r on um.

HOW MR. LION LOST HIS WOOL

"Well, bimeby, dey had all de hogs killt an' cleaned, an' hauled off, an' when eve'ything wuz still ez a settin' hen, ol' Brer Rabbit stuck his head out fum behine a bush whar he been settin' at. He stuck his head out, he did, an' look all 'roun', an' den he went whar de fier wuz an' try fer ter warm hisse'f. He aint been dar long 'fo' here come Brer Wolf an' Brer Fox, an den he got busy.

HOW MR. LION LOST HIS WOOL

"He say, 'Hello, frien's! howdy an' welcome! I 'm des fixin' fer ter take a warm baff like Mr. Man gi' his hogs; wont you j'ine me?' Dey say dey aint in no hurry, but dey holp Brer Rabbit put de hot rocks in de barrel an' dey watch de water bubble, an' bimeby, when eve'ything wuz ready, who should walk up but ol' Mr. Lion?

HOW MR. LION LOST HIS WOOL

" He had a mane fum his head plum ter de een' er his tail, an' in some places it wuz so long it drug on de groun'—dat what make all de creeturs 'fear'd un 'im. He growl an' ax um what dey doin', an' when Brer Rabbit tell 'im, he say dat's what he long been needin'. ' How does you git in? ' ' Des back right in,' sez ol' Brer Rabbit, sezee, an' wid dat.

HOW MR. LION LOST HIS WOOL

"Mr. Lion backed in, an' de water wuz so hot, he try fer ter git out, an' he slipped in plum ter his shoulder-blades. You kin b'lieve me er not, but dat creetur wuz scall'd so dat he holler'd an' skeer'd eve'ybody fur miles aroun'.

HOW MR. LION LOST HIS WOOL

"An' when he come out, all de wool drap't out, 'cep' de bunch you see on his neck, an' de leetle bît you'll fin' on de een' er his tail—an' dat'd 'a' come off ef de tail hadn't 'a' slipped thoo de bung-hole er de barrel." With that, Uncle Remus closed his eyes, but not so tightly that he couldn't watch the little boy. For a moment the child said nothing, and then, "I must tell that tale to mother before I forget it!" So saying, he ran out of the cabin as fast as his feet could carry him, leaving Uncle Remus shaking with laughter.

HOW BRER RABBIT GOT A HOUSE

OH, once 'pon a time, all de creeturs, all de creeturs,
　　Tuck a notion dat dey'd build a house,
An' fix it so ez ter keep out de skeeters,
　　An' fix it up nix cummy rous!
Dey all wuz dar fum de B'ar ter de Possum,
　　Brer Wolf, Brer Fox, Brer Coon,
Wid ol' Brer Rabbit fer ter stan' 'roun' an' boss um,
　　Kaze dey hatter have de' house right soon.

HOW BRER RABBIT GOT A HOUSE

Brer Rabbit, he wuz busy, oh, yes, mighty busy,
    Not doin' uv a blessed thing;
Ef he clim' de scaffle, he say he'll git dizzy,
    So he medjur an' mark an' sing.
Dey buil' de house, an' it sho wuz a fine un,
    Made er poplar, oak an' pine;
De littlest room wuz a sev'm-by-nine un,
    Whar de sick could go an' whine!

HOW BRER RABBIT GOT A HOUSE

Brer Rabbit, he wait, an' when de time
He choosened a upsta's room,
An' dar he sot (ef I kin make de rhyme come
A-singin' " Hark fum de Toom"!
An' den he got what he aint had oughter,
Ez all de creeturs said,
A gun, a cannon, an' a tub er water,
An' hid um under his bed!

HOW BRER RABBIT GOT A HOUSE

When de creeturs come home, Brer Rabbit wuz ready,
An' he tell um he gwineter set down;
"Well, set," sez dey, "an' we'll try ter be ste'dy,"
An' wid dat, Brer Rabbit kinder frown;
Bang-bang! went de gun—de barrels wuz double—
An' de creeturs wuz still ez mice;
Brer B'ar he say, "Dy must be some trouble,
But I hope heedon't loosen de j'is!"

HOW BRER RABBIT GOT A HOUSE

Brer Rabbit, he say, " Wharbouts mus' I spit at ?"
  An' Brer Wolf answer, wid a grin,
" Des wharsomever you kin make it hit at!"
  Brer Fox, he rub his chin;
Brer Rabbit, he tuck de tub er water,
  An' empty it all on de sta'rs,
An' it come nigh drownin' Brer Coon's daughter.
  An' likewise one er Brer B'ar's!

HOW BRER RABBIT GOT A HOUSE

Brer Rabbit say, " When I sneeze I'll skeer you,
    An' I hate fer ter have it ter do!"
Brer Fox say, " We'll lissen an' hear you—
    Des go right ahead wid yo' sneeze-a-ma-roo! "
Boom-a-lam! went de cannon, an' de creeturs, dey lit out
    Thoo window-sash an' do'—
Any way, any way dat dey kin git out,
    An' dey aint come dar no mo'!

BRER RABBIT AND THE PARTRIDGE NEST

OH, what's de matter wid de Whipperwill,
    Dat she sets an' cries on de furder hill?
      An' what's de matter wid Miss Bob White,
Dat she choke herse'f wid sayin' Good-night?
You know mighty well dat sump'n is wrong
When dey sets an' sings dat kinder song,
'Twix' a call an' a cry, 'twix' a weep an' a wail—
Dey must be tellin' a mighty sad tale.

Miss Whipperwill's troubles, an' what she say
Will do fer ter tell some yuther day;
But Miss Bob White—my! aint she a sight?—
I'll hatter tell why she hollers Good-night.
Dey once wuz a time (needer mo' ner less)
When she ain't try ter hide ner kivver her nes';
She built it in de open, whar all kin see,
An' wuz des ez perlite ez she kin be.

BRER RABBIT AND THE PARTRIDGE NEST

She'd make her house facin' eas' an' wes',
An' den wid eggs she'd fill her nes';
Fer ter keep um warm she'd brood an' set,
An' keep her house fum gittin' wet.
Whiles dis gwine on, Brer Rabbit come by,
A-wigglin' his mouf, an' a-blinkin' his eye:
"De top er de mornin', Miss Bob," sezee;
"De same ter you, Brer Rabbit," se' she.

Sez ol' Brer Rabbit, "I been missin' you long,
I wuz mighty fear'd dat sump'n wuz wrong,
But here you set ez still ez a mouse,
Not doin' nothin' but keepin' house!"
"Oh, well," se' she, "I'm too ol' ter gad,
I use' ter do it, but I wish I never had!
De only thing I want is ter wash my dress,
But I can't do dat whiles I'm on my nes'."

BRER RABBIT AND THE PARTRIDGE NEST

Brer Rabbit, he say, " Can't I he'p you out?
I ain't doin' nothin' but walkin' about,
An' my ol' 'oman is willin' fer ter bet
Dat ef settin 's de thing, I'm ol' man Set! "
" I know mighty well," sez Miss Bob White,
" Ef you set a-tall, it'll be done right."
" Thanky-do, Miss Bob! Go wash yo' dress,
An' I'll do what I kin fer ter kivver yo' nes'! "

So off she put, wid a flutter an' a flirt,
An' washed her dress in a pile er clean dirt;
Brer Rabbit see de eggs, an' shuck his head;
His mouf 'gun ter dribble, an' his eye turn red;
Sezee, " It'd sholy be hard fer ter match um,
So I'll des take um home an' try fer ter hatch um! "
So said, so done! An' den when he come back,
He come in a gait 'twix' a lope an' a rack.

BRER RABBIT AND THE PARTRIDGE NEST

An' Miss Bob White, atter washin' her dress,
Went a-runnin' back ter house an' nes';
"Much erbleege, Brer Rabbit," an' den she bowed.
"Say nothin', ma'am, fer ter make me proud,
Kaze I been a-waitin' here, frettin' an' sweatin',
Fer fear I ain't sech a good han' at settin';
My ol' 'oman say I got a slow fever,
An' I 'clar' ter goodness, I'm ready ter b'lieve her!

"I felt sump'n move, I hear' sump'n run,
An' de eggs done gone—dey ain't na'er one!
I sho is seed sights, I done hear folks talk—
But never befo' is I seed eggs walk!"
"My goodness, me!" sez Miss Bob White,
A-peepin' in de nes', "You sho is right!"
An' y'ever sence den, when darkness falls,
She gives de lost chillun her Good-night calls!
An' y'ever sence den, when darkness falls,
She gives de lost chillun her Good-night calls!